歌集　あけぼの杉　第四集

新日本歌人協会杉並支部　編

歌集　あけぼのの杉　第4集　目次

合同歌集『第四集』によせて

碓田のぼる

『あけぼの杉』の第三集は二〇一七年でしたから、それから六年たつことになります。一人32首，十人の作品320首を読むことは、たやすい事ではない、と私は読み終えてつくづくと思いました。

この六年間は、一言でいってしまえば、日本の国も世界も、まさに波瀾万丈《はらんばんじょう》の四文字熟語そのままであったように思いました。こうした情勢や時代・歴史の中で、私の仲間たちや、私も、どんなふうに生活し、どんなふうに短歌に向い合って来たかをふり返り考えることは、軽がるしいことではありませんでした。私は合同歌集参加の10人の人たちの作品を読みながら、しきりに、啄木の残した言葉を思い出していました。

啄木は明治の末年に「性急な思想」というエッセイ（M43・2）で、きわめて注目すべきことをいっていました。啄木は「日本の国家組織の根底の堅く、且つ深い点に於て、何れの国にも償っている国である」として、その国民に求められるのは他国の人より「深く・強く・痛切」でなければならない、といっています。啄木は日本の国のありようをほめているのではありません。神格的天皇・天皇制について鋭い批判をもっていた啄木は、当時の明治政府の言論・思想への弾圧の口実をつかませないための、警戒した婉曲的な表現でした。

「深く・強く・痛切」にという言葉は、現在の日本や世界の情勢からいえば、啄木のいうように考えるだけでなく、表現者（歌人も含めて）としての私たちにとって大事な警告になっている、と思います。私たちの歌は、作品の言葉は、啄木の生きた時代より、資本主義が発展し、社会の矛盾と分断が進んでいます。それゆえに、私たちは啄木の時代よりも、もっと鋭く、作歌にかかわる態度において、「深く、強く、痛切」でなければならないはずだからです。

それは単純な生な言葉、表現の言葉としての吟味をおこたった「政治詠」や「社会詠」のすすめではありません。言葉への関心を深め、その日常語の横すべりではなく、ものごとを、感動を、より深く表現する、言葉への深い関心をぜひ深めたいものだという思いにつながります。

詩人の辻井喬が、かってある俳句雑誌で見た「月天心余生は重し寺に屋根」という俳人の作品を激賞していたことを思い出しました。普通ならば「に」は、「の」といいましょう。しかし「の」では「屋根」は寺の付属物で単なる風景の中に存在しているだけです。しかし、「に」は、にわかに寺の生活の人びとの声が聞こえてくるようだ、断然表現の世界が拡がりをもってくる――、たしか辻井喬はそんなようにいっていたと思います。言葉のもつ重く、広い世界をよく見とどけ、考えぬかなければならない警告でした。

一人ひとりの作品に即して書こうと思いながら評論風になってしまいましたことを、お詫びします。しかし、歌会に結集する皆さんが六年間の変化と前進の証としての、この合同歌集第四集に確信を深め、いっそう、心ゆくまでの作品創出にむけて力強く進まれることを、心より願うものです。

米寿を生きる

有村　紀美

私の定年退職後の生活の中心は、短歌を詠むこと、新日本歌人協会杉並支部の運営にたずさわることでした。それらの仕事から解放されてからの歌です。

八十歳を過ぎても、高齢であることに気付かず、八十八歳になって「え、米寿」と気付いたようなうかつさ。生活が狭くなり、歌の世界も狭くなったようです。

青空を少し残して雲が描く絵手紙は宇宙のいずこへ届く

二人静時に三人となる花穂も草の世界は何事もなく

地しばりが背伸びして咲く春の道種を残す知恵目のあたりに見る

自己主張しつつ草木はほどほどに折り合って伸ばす各々の枝

夕べには蛍を宿す露草か藍ほのか咲く朝のひととき

つばくろの出入り口開け障子貼る古き習慣のふるさとの家

花の下にぐっすり眠る若き母吾が若き日を思いつつ見る

保育園の子らの散歩は川の道帽子の花を可愛くゆらし

「明後日まで雨」と言う南さん頭はピカピカ光っているのに

縫いぐるみのような仔犬が近づきて脚にまつわる戌年われに

カレンダーの予定すべてを黒々とコロナに消されて四月過ぎ行く

青空に白い雲ぽっかり浮きし信濃路の原村合宿切に懐かし

片耳にマスクを下げて飲むコーヒー寂として声なしコロナの猛威

食堂のなき街並みの昼餉時のコンビニのイートインはレストランとなる

休日の工事現場に整然と並びし重機　深く眠りて

国会をないがしろにする総理なり「閣議決定」「閣議決定」！と

五分過ぎて刻打つもよし退職の記念の時計　互いに老いたり

「雨あがる」周五郎の味たっぷりとテレビ画面にあふれて哀し

済美山自然林にきて読書する初老の人よ何読まるるや

「赤旗」の「人」欄に登場の友二人最高の出会い吾も誇らし

猛暑日の予報聞きつつ亡父母の器に満たすたっぷりの水

パソコンの点検をする孫の手は魔法のごとし　画面が変わる

高校生の我が子が通いし通学路老いたるわれの散歩路となる

消えそうな青信号を渡る夫　人生百年まだ十年はある

住む人はあふれんばかりの東京に夫と二人ひっそりと住む

温かき帽子を被れば「婆さん」と夫に言われる八十八歳

奥の細道を歩きたしと思いしに叶わぬままに米寿過ぎたり

よきことは何もなき事同胞も友も健やか春がすぎゆく

『明月記』読み止めしままと思い出す定家かづらの咲く垣の道

「新聞が官報になってしまった」と佐高信が言う五月闇深し

気が付けば『万葉集』とパソコンが仲良く並ぶ私の机

百本ものバラの花束届きたり卒寿の夫とあたふたと嬉し

お腹の中から元気に

小川　美智

　時が過ぎ往くなかで、高齢期を迎えた私はカレンダーの予定を確認しながら暮らしている。その軸ともなっているのが「食」である。和食を摂ることが多い。食材料の入手、味の決め手となる調味料は、味噌、醤油、みりん、酢など麹を使った発酵食品である。麹が発酵する過程で沢山の酵素が生まれます。「お腹の中から元気に」私の合言葉です。

細き葉に鱗茎抱きし浅葱は　寒風に抗して地面抜えり

浅葱に味噌のせ飯食む祖母の云う〝野にある草は元気の素〟と

ゆすら梅の蜜を求めて紋白蝶妖精のごと軽やかな舞い

店頭の秋刀魚は細りて品薄なり炭火おこす楽しみ遠し

近海の海水温の温暖化秋刀魚は嫌って遠く去るらし

デイケアー通所の面々にドラマあり互いの自分史語って賑わう

48で半身不随となりし男性《ひと》恋歌唄えば咽び泣きする

リハビリタイムつらいメニューを日々こなす〝回復したい！〟の一念抱きて

高円寺「再開発」の計画に〝ちょっと待った〟の集い俄かに

真っ白な辛夷が青き空に咲けば　今日の心は素直に強し

消費税10パーセントに踊らされ〝家電買った〟と苦笑する友

お芝居を観るのもためらう税アップ文化費ダウンのわが家の家計

コロナ禍の最中にみつけし和たんぽぽひと群れ咲けば心鎮まる

コロナ禍を逃れてしばし文学の界に「百人一首」を繙解いてみる

〝パンはいかが？〟戸口に恥じらう女性《ひと》立てりクリームパンを所望と告げる

八海山遥か見通す郷の山地下の水脈何処まで潤す

山里の母さんグループ味噌造り米麹たっぷり〃美味しくなって！〃

若者の「生理の貧困」は新語にて暮らしの貧困が被うかなしみ

地に根づき幟のような立ち葵今宵の集い上手くやれそう

夢二描きし「ベンチの女」の物憂げな眼差し追えば青春遠し

ドクダミは白い包の草清らなり引き抜くことをためらいもする

新年の歌い初めは「フインランディア」七つの海越え響けの合唱

若者の寄り来る「もってけ市」に運ぶ米先ずはエネルギー湧き来る願い

〝サルビアは赤い花血の色！〟と歌い始めれば血の色となるわれの思いも

プーチンのウクライナ侵攻身がすくむ核の先制使用げに許すまじ

伸びやかにキエフの空に鳥は舞う幸せ運ぶの伝説携え

友のくれし武骨な形のレモンなり手のひらで転がしレモネードでいただく

田園の名残の花よキンミズヒキ車椅子の人手を触れて行く

ぽんぽんとリズミカルなり弾む音ゴム毬突く男児身のこなし良し

素肌から汗が吹き出す昼下がり沸騰の夏とはよくも云いたり

競り合って当選遂げし区長なり〝住民参加〟の一年が経つ

箱根路を満喫せんと娘らと行く野天の湯治場寛ぎの時

生きる支え

加藤和子

挫折した時に、碓田先生のご指導や仲間の助言を得て、短歌を続けられていることに幸せを感じています。昨年夫を見送り、沈む心も詠うことで生きる支えになっています。狭庭に季節ごとに咲く花、夫の好きだった花があり、また小さな虫たちが住んで発見した時の喜びがあります。これからも詠いたい気持ちを大事にしていこうと思います。

青空に黄のつるバラの咲きくればウクライナに寄せる哀しみの湧く

夕暮れに花びらひらくおしろい花風が運んでほのかな香り

野スミレの葉に十一匹の幼虫が揃い巣立つか庭の豹紋蝶《ヒョウモン》

あ、アサギマダラ眼に入りし色模様　夢見心地と眼科からの帰路

夫はホスピスへ

十階より車椅子での散歩時に「我が家を見つけた」とほほ笑む夫は

面会は十五分気持ち言えぬまま毎日の手紙に託す思いの丈を

リクエストのメモに取っている「将棋の世界」体調良き日は黙々と読む

病室にコンポＣＤ持ち運びビートルズファンのナースと聴けり

体力が快復したらまた福島へと言われて娘《こ》は涙隠したと
（姉の移住先）

「死に際を見て」と咄嗟に言われし息子《こ》は涙をぐっとこらえたと言う

夫の旅立ち

知らせ受け泊り支度で駆けつける解熱ならず夫の急変

娘《こ》もすぐに夫に付き添い好きな曲やさしく流し背を扇ぎおり

院外の買い物に出て三十七度《ななど》二分　付き添い断たれ泣く泣く帰る娘《こ》

声かけにうなづくも真夜に吾とナースの看取り静かに夫旅立ちぬ

ナースより「湯灌を一緒に」と泣く間なく　愛おしみつつ息子《こ》と清めたり

仕事終え疲れ見せずに根菜とコンニャク炒めて豚汁作る娘《こ》

パソコンの音声ガイドのボタン付け厚地のコートに挑む息子《こ》の手は

「子らに恵まれ親の介護も」亡き夫の感謝のことば支えに生きる

迎え出て杖つく媼の腕支え温かき声の診療所女医

「イタタタッ」ふくらはぎ揉む先生は笑い声で「トドメの一撃」と

弟の手作り蒟蒻もらいたり刺身・甘味噌・辛子和え良し

弟も亡母《はは》の面影想いしか竈で煮詰める蒟蒻作り

物置きより春陽に当てるクンシラン休眠打破となるや花芽待ちおり

夫亡くし二度目に会う友「元気な姿が嬉し」と励ましくれる

こもりがちな日々に妹より声かかり重い腰上げ生家へゆくと

甥孫とわらべうた遊び待ち遠し「かいぐり」「一本橋」のおさらいをする

車窓から掘削跡の武甲山　樹々が育つを頂きに見ゆ

義妹《いも》の許可得て庭の花摘み墓参り生家の習わし御散供《おさご》も持ちて

あいみょんになりきって歌う「愛の花」今日がはじまる朝ドラの曲

ハルジオン・ノアザミ・タンポポ「らんまん」に親しき花の名付け親知る

毎日の暮らし

川端佐知子

第三集から六年が経ちました。私のなかで進歩したかどうか自問自答しております。身近なことばかりです。でも楽しみでした。皆さんにお会いできる、先生のお顔を見てお話を聞くことができる。幸せでした。

師の君は熱く語れる啄木を帰りて読みかえす「一握の砂」

白百合が八輪咲いた壁際に顔を揃えて我を呼んでる

捨てられず持ちいし生地端生かされて小地蔵となる母の思い出

東西に窓ある居間のカーテンを選びて一時迷う楽しさ

冷え込みに床暖房を試しいる「わあ！暖かい」親子の歓声

梅・椿・紫陽花・百合もみな植えてゆく土を頼みて

幼き日母と楽しみ組み立てし御殿雛あり記憶が光る

五・六輪開きし桜にみぞれ降り春立ち止まる彼岸の中日

鼻筋の通ったお顔に笑みうかべ我を優しむ釈迦如来像

向かい家の紅白サザンカみごとなり朝食ごとに心うばわるる

もう二月チューリップの芽出揃いぬ咲く日待たるる新しき庭

ひとあし早きお花見なる二月末河津桜が可憐に赤し

城ヶ島足のばし行き白秋の「利休ねずみ」の歌碑に真向かう

黄の花を十個もつけてうつむける庭隅に咲くわがえびね蘭

柔らかき春の落葉ふむ川沿いに白鷺もいて歩む楽しみ

庭のない保育園児の歓声がひびきて楽しクジラ公園

澄子師の歌を目にして思いめぐる辻堂の海私の青春

一泊の大山集会忘れない歌の原点「人間詩歌」

夫逝きて十五年たち家建てて子等にも託さん賃貸経営

艶やかに椿の新芽伸びゆけば我は見とれる命の力

切りとりて花瓶にさせば香りたち百合の花びら開きゆく朝

新宿の雑踏を娘《こ》と行く時にそっと手が伸びてくる手の暖かさ

コロナ禍に雨降り続く家にこもり茂吉を読めど読めども書けず

頂いて二年たちたる浜木綿は茎たちみごと咲きてしずまる

三人に米寿の花束頂きて喜びひとしおころばん体操

亡き母の十七回忌なり命強く生まれし喜びの湧く米寿の我は

母娘五人一人も欠けず母九十歳で歩き通せり初島旅行

うつむきて花開きたる蛍袋七個開きぬまだ蕾持ち

白き花穂に紅二本もつ月桃が待ちこがれたる可憐さに咲く

「いってきます」幼き声をはりあげて園児いでゆく秋晴れの朝

腰痛に苦しみ手術を決意せり最後まで歩きたし自分の足で

環七まで徒歩二十分無常なりしもバスは発車し十二分待つ

ライン歌会

鈴村芳子

　前回の刊行から六年、コロナ禍という人類が生きていく過程での緊急事態が発生し、あっという間に世界中に広がりました。その間、集まりという集まりは一切できず、「あけぼの杉」歌会も開催できませんでした。みんなイライラしながらも知恵を絞り、スマホ所持の人だけでもという声が上がり、ラインのやり方を教わりながら「やれば出来る」精神で楽しいライン歌会を開くことが出来ました。この精神を忘れずに、年寄りだからと怖気づかず、短歌に挑戦してゆきましょう。

コロナ禍

憧れは「豪華客船海の旅」コロナ出現で夢と化したり

難しいと避けてたスマホ教われば便利な道具ライン始める

コロナ禍に一つ良いこと生まれたりラインで集う歌会の楽しみ

梅里公園

ローバイのほのかに香る公園に子らの声ひびく日曜の朝

ポカポカと春の陽射しのここち良しコートをぬいで子らとびまわる

ブランコにジャングルジムに遊ぶ子を見守るパパのやさしい笑顔

蝉

朝まだき厨に聞こえる蝉の声猛暑猛暑と夏日をあおる

川沿いの緑地に遊ぶ幼子が拾い集めてセミの抜け殻

背が割れて出てきた頭そして羽緑がかって現の神秘

岡本太郎展

万博の「太陽の塔」ミニを見た展覧会場の暗き片隅

息子五歳連れて行ったっけ大阪万博《ばんぱく》へ覚えていない「太陽の塔」

原色と先端の尖った絵の中に迷い込み知る無邪気な太郎

コーラスの舞台

コーラスの舞台出演三年ぶり喜び緊張ないまぜに立つ

歌声に合わせて吹きしハーモニカ音色暖かな十人の音

舞台ではマスクを外し歌いたりやさしく強く大き口あけ

戦後の我が家

焼け跡の蔵の石積みに屋根のせた戦後の我が家うす暗き部屋

子供らは一つ布団に二人づつもぐって眠った大家族我が家

大皿に盛られたおかずの争奪戦九人兄弟姉妹《きょうだい》の楽しい思い出

次姉《あね》の介護

手を首穴《くび》に頭を袖に朝の着替え滑稽なれど姉は必死なり

排泄の感覚忘れた次姉《あね》の後ろ綺麗に拭いて今日を始める

「一寸の虫にも五分の魂あり」呪文唱えて心鎮める

次兄《あに》

姉妹五人で住むわが家足繁く来る次兄楽しげに昔話する

「我家《うち》がいい自由でいたい」と認知症《にんちしょう》の次兄訪問医療に見守られ生く

「八郎さん、息してない」訪問看護師の声全身を刺す

（二〇二三・五月十六日早朝亡）

小平の三年半

曹　吉江

第一次緊急事態宣言と共にふるさと杉並を離れはや三年半、新しい土地で友人もでき、こちらの歌会の歌集も三集できました。そこに載せた三十首を今回のあけぼの杉歌集に載せる事にしました。

死んだのだもう会えないんだ会いたいと言われてたのに行かなかったんだ

またひとり友逝く知らせ葬儀にもゆけずアルバムに追う過ぎし面影

大雨に川氾濫の七夕なり園児らは笹置きて帰りたり

山津波削るな盛るな山神の大き怒りにひれ伏すばかり

不安あれどまずは嬉しい日常よがやがや帰る下校の子供

食後に「洗わなくていいよ暇だから」私も暇だが夫よありがとう

夜目に光るどくだみの花病院の庭一面に白白と咲く

芝に吸われて音消ゆる雨たしかめむとそっと伸ばした手に感触かすか

命を赤き卵にたくし死ぬ鮭の身は無に戻る生き様すがし

旧姓も新姓もなし姓はひとつ変わらぬ姓を誇りに思う

はんなりと咲く紅梅の足元にゆうべの雪はひっそり残る

水平線のむこうにみゆる富士の峰夕焼け小焼まっ赤に染まる

マリンバのカルメン聴けば足のなる手拍子強くマスクでオーレ!

葉を落とし枝は天を突く剣もて冬将軍を迎え撃つごと

夕焼けの名残り射し込む部屋の奥イヌのぬいぐるみは転がっている

一日の終わりにしるす明日の予定何もなければ【散歩】と記す

眩しさにわが手かざせば大鷹飛ぶ光切り裂く刃のように

五十を超えし子は吾を諭すわれもまた頷き受ける母もした事

医師教師助産師保健師薬剤師保育介護になぜ師がつかぬ

無人機で攻撃される人々の無惨を思う戦争は続く

〝ソ〟の音のくるいしままに売られゆく娘のピアノ〝ソ〟の風のこし

パン焼けばとなりの奥さんベルならす「いい匂いするわお茶の時間ね」

混雑する車中で「オシッコー」おまるをおもちゃに満面の笑顔

毎朝の散歩に夫はゴミ拾うペットボトルに缶にマスクも

テーブルに広げしままの新聞の片すみにのる父の訃報記事

水筒の音にはげまされ登りたる西穂は高しかっぱ橋にみる

キューピーさんのあがるまつ毛の曼殊沙華右に左に風のふくまま

根本よりばっさり伐られしみずきの木ぽっかりあいた空に雨がふる

チガヤの穂うねりは白く昼寝する猫に似てほあっとふれたし

蕗の字は路に生うる草路の辺の蕗の葉うらに薹見つけたり

温風《あつかぜ》が肌にはりつく帰り道おもい袋を右肩におく

灰色の雨夜の空に星おぼろ見えぬに見えるかすかなひかり

ときめいて・不用の用に燃ゆる

森　照美

第三集発刊から六年が過ぎました。地球規模のコロナ禍、気候変動の災害が続出するさなか予期せず、戦争の連発、胸が張り裂けそうなニュースの日々、碓田先生の御指導の下、仲間の支え合いあって今日に通してみて視野の狭さ、語彙の乏しさを痛感。31音のリズム千年の歴史の重みずっしりです。最後の一言、この会で育った歌を書作品にて発表の来し日々、六万人余の人々に問いかけし、人生を見つめながら、歌友の皆さまとのご縁に感謝でいっぱいです。

季節《とき》めぐり来て

ひそやかに紅梅・蝋梅・福寿草小さき春をささやいている

底冷えの川辺に光り咲く白木蓮うぐいすの声も花をささえる

初春の旭を浴びる河津桜夢ふくらんとす愛らしき蕾

（気功仲間の植樹）

河津桜風雨しのいで二年なり開花を祝えば空はにぎわう

五分咲きの河津桜にめじろおり声ひそめ居る風光る朝

枇杷の実のたわわとなればもぎ取る友と夢中なり朝光《かげ》の中

春蘭のまばゆき三種咲き立てば気品漂う狭きアトリエ

青もみじ晩秋の陽ざし浴びながら鮮やかにして路地の静まり

カメラマンのファインダーの中大鷹は鋭く光線をひきて飛び立つ

欅樫燃え立つ大樹の根に見とれごっつっく僴うていて気力湧き来る

狭き部屋に三鉢のデンドロビュームなり　気を吐くが如し鮮やかに咲く
（七年かけて三鉢に増やす）

書に魅せられて・つましく暮らし沢山の方々に支えられて

「物を美術する心を学べ」は初心なり高き峰はるか筆をにぎりしむ

独立と平和の願いを抱きつつ生き来し五十五年余あり

来し日々は夢を道づれの五十五年陽陽たる書展文運を抱く

（独立創立70周年記念展特別展示）

書の作に詰まりたる日々ドクダミの清しき一輪に吾はすくわれる

折りあって再度『歴史』を手に取れば胸高まりくる吾が五月あり

（『歴史』碓田のぼる著）

思いもせぬ審査委属状舞い込みて心臓どっきり秋ゆれている

実験作の吾が書作にカメラ寄る明日への一歩に背が温むる

師の五歌を墨色・料紙・書体変え一額にすればギャラリー華やぐ

（第47回千秋会書展と元会長追悼展）

猛暑なれどにぎやかなりし同窓展墨色深く歳月はるか

（第48回千秋書会展）

姫孫八歳書の手習いにはるか来て凛と正座す早春の朝

幼な顔残る孫二人の手料理なり鮎飯ナメロウ美味し泪がにじむ

祈必勝と大筆にこめし区議選なり勝ちたしと思う春風の中

久びさにウイーンより帰省の友といてプーチンへの怒り尽きぬ
（三十八年間・元国連勤務の真友）

兄逝きて早や三度目の秋めぐり生家の墓地に彼岸花咲く

新盆の参り客みな和やかに語り尽きぬ義母の優しさ

オレンジの深きカーネーション娘より「長生きしてね」とやさしコロナ禍の中

今年又無二の友より贈物部屋は香に満ちシクラメン赤し

離れ住む夫より五種のジャム届く一人華やぐ朝の食卓

「らんまん」観てはるか地獄が浮かびくる血潮渦巻く研究室に

（夫の研究室時代）

光さす

山崎　久恵

　あけぼの杉の歌会に参加して十数年になります。やっと周囲の自然、日常、現象を短歌にしたい思いが募ってきました。しかし語嚢の不足と観察力のなさで散文報告になりがちです。歌の背景に思想をと碓田先生から教わりましたが、なかなかです。出かけた時にアッとおもったこと、浮かんだ言葉などスマホに入力しています。歌作り楽しくなりそうです。

満開の桜君に見せたし飛べるなら飛んでおいでよ空飛ぶ車で

川岸へ枝はたわむほどの八重桜光重々とわずかに揺れる

春紫苑・烏野豌豆・鬼田平子卓上もわが歌もさながら草叢

紫モクレン開ききらずも上を向き短き春の今を誇れり

添え木持つバラ一輪庭に立つ雨戸閉められ愛でる人なし

ラベンダーやさしげに摘む人に声かければ香束ねて差し出しくるる

苗代田鏡となりて雲映るオタマジャクシは空泳ぎおり

梅雨明けも間近となれば青栗の三つ四つ枝に重々と光集める

ヤブカンゾウ「忘れ草」とう名を持てば心奪われている朱の八重花弁

木漏れ日の光る林に風は凪ぎ二匹の蜂がホバリングする

渦巻きしシオカラトンボ捕りし日の田畑はすでに休耕田に

青々と葉を繁らせる柿の木の主なしとて秋やくるらむ

烏瓜レースの花弁閉じかねて午前六時のカーテンコール

浮かぶ雲ふるさとの島の形して海ほうずきを鳴らした日遠く

油蟬六本の足をばたつかせ夏も終わるか階段の隅

時雨降る八ヶ岳にかかる大きな虹梯子をかけて登りたきほどに

サクサクと林道歩けばひょっこりと槌の子出てきそうな晩秋である

青々と葉替えもせずに枇杷の木は白き花もち香り放てり

高騰の野菜の並ぶ前に立ち夕餉のメニューめかねており

閉店の知らせ貼られたたばこ屋の横にドッカリ自販機据わる

支払いに硬貨探す人のありレジ打ち笑みて春待つごとし

「愛」という文字持つ娘らへの虐待死名付けし親の心はむごく

植物画ハズキルーペに頼りつつ牧野の世界に一歩近づく

ラーゲリに重く病み臥す仲間なり草の花手にただ立ちつくす

祈りの部屋絨毯二枚敷かれたりミッドタウンのフロアの片隅

今日もまた「任命責任」とう首相言葉は軽し無責任な顔

「ヒバクシャ」の言葉なき広島ビジョン七つの川が記憶している

上野駅動物愛護の人が立つ止まる人なく動物園へ

何もかも飲み込むか歌舞伎町タワートー横キッズどこへ向かうか

啄木とトルストイつなぐ糸探しおもしろきかなネットサーフィン

赤線を引きて読みし『ヒロシマ・ノート』本棚の真中に位置を占めおり

『茂吉秀歌』しみじみと手に取れば雲かかる空に光さすやも

イマジン聴きたし

横井妙子

ここ二年は私にとっても激動の年であった。48年住み慣れた家を売り（借地権）練馬の小さな家に引っ越した。加えてロシアのウクライナ侵攻に、怒りと絶望で身も心も疲れてしまったが、やはり人間の未来を信じたい。若い人が気候変動に危機感を持ち立ち上がっている姿は希望だった。人間は戦車より無力だが言葉の力を信じ、短歌に真向かいたいと思っている。

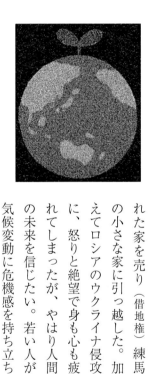

カレンダーに不燃ごみの日確かめてラジカセに貼る日付のシール

物置の奥から出で来し段ボール四十八年の暮らしの名残り

子どもらの学級通信や通知表感謝の手紙もだまって捨てる

杉並に住みし誇りの一つなる原水禁運動の発祥の地なり

参加せし原水禁大会やＮＰＴ会議資料の中の私の若さ

きっぱりと持たない暮らし誓い合いきりきり縛る雑誌『銀河』

古びしも昔の箪笥に狂いなく引き出しどれもピッタリ閉まる

ヨドコウの物置の解体の手際よさ老人の目は職人となる

集中力決断力も鈍りしか夫の本棚片付かぬまま

白黒の婚礼写真に見入りたり両家合わせて九人も鬼籍

断捨離を済ませし後の空白を埋めるごとく花の種まく

冬晴れの落葉樹林の切り通し立ち漕ぎ止めて自転車を押す

猛暑には涼しき風が吹き抜けてブレーキかけずに下ったこの道

ドングリや栃の実拾った林なり蝉の羽化にも出会えた夏よ

樹陰に置かれしベンチの心地よさ蚊取り線香は必需品なれど

「赤旗」の最後となりし集金に引っ越し告げて支持も頼みぬ

四十八年住まいし街も気がつけば低層マンションあちこちに建つ

転出届に新住所記入する杉並区との別れのサイン

住所欄に杉並と書くも最後なり軍拡反対署名は楷書で記す

「ウクライナを撃つなのデモ行進」靴紐締めて列につきゆく

デモ行進の横断幕は重けれど若きに付きて歩き通しぬ

収穫前の小麦が全部燃えしとう農夫の苦悩ただ見つめおり

「戦争やめてと言ってるの」小学生にも解ってもらえた短歌スタンディング

子供らに爆死の遺体見せまいと母は幼の顔を覆えり

戦車より弱き人間の言葉なれど「ビロード革命」は言葉の力

私はまだ本当の悲しみを知らない子供を失った母の悲しみ

私はまだ本当の寂しさを知らない祖国を捨てる老人の寂しさ

私はまだ本当の恐怖を知らない銃を突きつけられ追われる恐怖

私はまだ本当の悲しさを知らない父を戦場に残す悲しさ

私はまだ本当の怒りを知らない普通の暮らしが奪われるウクライナの

四州を併合せしと胸張れど若者の逃亡止まらぬロシア

アイアンドームの解説なんてもういやだ今宵無性にイマジン聴きたし

愛する家族

渡辺悠美子

歌集作りは初めてです。夫が入院して忙しい中、今までの作歌を読み返しました。すると、その時の情景が、思いがはっきり浮かび楽しくなりました。一人で寂しいとき短歌にうたった孫娘が二階にいると思うと心強いです。日記の代わりにもなるので、今後も短歌を続けていきたいです。

黄のバラが音符のごとく並び咲き夕暮れに聞こゆる夕焼け小焼け

お祭りでイタリア歌曲を独唱す高音はもひとつドレスを褒めらる

新緑の風さわやかな高尾山夫と歩けば我らふるさと

小千谷の牛の角つき手に汗す「ヨシター」の声勢子も勇まし

孫と寝るそれだけで良し夏休み夜更かし朝寝に小言抑えて

「いとし子」よ何度も歌い理解して照明眩し笑顔飛び交う

「柔軟心」仏の教えに豆腐ありやさしい気持ちで今夜は湯豆腐

満席の公会堂でフラ踊る我だけを見よ満面笑むを

舞台好き風邪を押してソロ歌う褒められてうれしまた咳込みぬ

「操り三番叟」身を乗り出して目も耳もまばたきもせぬ人形振り面白し

合唱をスター気取りで歌いきるライトと拍手に興奮のまま

マーラーの「巨人」に我は聞き惚れて体は熱く空を見つめる

向き合えて二人丈夫で良かったね孫の学費を援助できる日

片足でフラを踊りて舞い上がれ不調を隠し笑顔届けん

三八は百年を経てなお燃ゆる世界の女たちが同じ思いで

（国際女性デー）

娘にも桜の短歌メールすればブラボーのスタンプすぐ返りきぬ

春休み背伸びし孫の香り立つ顔見上げれば髭うっすらと

蕾一つ孫の名付けしゆめのバラおしゃべり重ね家族になりぬ

食卓に孫の名付けしバラ飾る恥ずかしそうに頬笑む十八歳

わが歌を褒めくれる人あり悩む日に自分を晒し分かりやすしと

嬉しげにメールアートの爪見せて今夜の孫は可愛い女

ミシンかけ課題に向かう孫娘夜なべ仕事の我が母に似て

テーブルの椅子はいつでも自由席孫の帰宅に上席空ける

きしむドア孫は忍者か忍び足夜半の帰宅にシャワーの音聞こゆ

押入れの箱に眠りし赤きレイ娘と踊りし舞台浮かびぬ

娘らの紅葉山行に連れられて我は山小屋から連山を望む

秋の日の紅葉黄葉カラフルに白馬岳の初雪が早迫り来る

暑い日はシャワー浴びて五時ワインツナ缶詰でご機嫌な夫

真夜中に夫のいびきが聞こえくる豪快さ弱くなりぬる

頼もしや早朝配達老いし夫味噌汁作り無事の帰り待つ

龍君がやって来る手を振れば会釈かえしくる我が足のリハビリ頑張る力なり

猛暑日に夫は見舞いにやって来て涼しと椅子で居眠りしおり

あとがき

「あけぼの杉」歌会は、私の定年退職の年に横井妙子さん、有村紀美さんのお力で碓田のぼる先生を講師に迎え、立ちあげられました。後に新日本歌人協会杉並支部となりますが、その時の部長が横井妙子さんで、楽しい歌会にしようと夏合宿を提案計画し、一番最初の合宿先は忘れましたが、二回目の夏は碓田先生と一緒にバスで長野県諏訪八ヶ岳の麓にある原村で合宿しました。バスでどのくらいかかったか、先生の隣が私の席でとても緊張しました。ペンションチャイカは新築したばかりの綺麗な建物で、イコンの飾られた部屋があり、ステンドグラスの窓から入る朝日に照らされ神秘的でした。夜は星空が雄大で、ああ、これが天の川、と納得できるほどたくさんの星の流れに感動しました。食事はロシア料理で、ピロシキも美味しかったな。次の夏も、電車で長野県の聖高原に行きました。紫陽花の里で姥捨て山が見えました。ここでも碓田先生の短歌の講座があり楽しく学んできました。又、何か楽しいことをと私たちが発案し、毎月、歌会をする会場の近くに杉並区立郷土博物館があり、桜の咲く春に吟行会を開催したことがあります。その時の先生の歌は今年、上梓された碓田先生の歌集『くれない』の１２３ページから１２６ページにわたって載っています。杉並に暮らしている私も気がつかないところが歌になっていて、観察眼の鋭さが私の新たな課題です。碓田先生との出会いは私たちがまだ六十代、先生もまだ七十代でした。今、八十歳代に入って九十五歳の碓田先生と短歌の勉強を続けていることに幸せを感じています。

また、世界ではロシアとウクライナとの戦争も終わらず、イスラエル軍とパレスチナ自治区ガザ地区のイスラム組織ハマスとの戦闘、地球温暖化の環境問題など気の休まることがありません。今年、世界で最も深刻な問題はなにかと問えば「貧困」という回答が環境やテロなどを抑えて一位になったそうです。いろいろな問題がありますが、これらを短歌に批判し平和な世界になる事を目指したいです。

２０２４年１月17日　　鈴村芳子

歌集　あけぼの杉　第四集

2024年1月31日　初版1刷発行
編　者 — 新日本歌人協会杉並支部
発行者 — 岡林信一
発行所 — あけび書房株式会社
〒167-0054　東京都杉並区松庵3-39-13-103
☎ 03. 5888. 4142　FAX 03. 5888. 4448
info@akebishobo.com　https://akebishobo.com

印刷・製本／モリモト印刷
ISBN978-4-87154-253-1　c0092